AF545956
akira sugito
MOMO
-the blood taker-
3

MOMO

-the blood taker-

INHALT

3

IRGENDWAS LIEGT IN DER LUFT.

WENN WIR WEITERGEHEN, WERDEN SIE UNS FINDEN.

... DER GERUCH VON TOD UND ANGST.
DUMMM
DOMMDOMM
DOMMM
BRK
DOMM
FRRTSCH
DODOMM
HEY!
AUFHÖREN!
DOMMM
HÖRST DU MICH NICHT?!

!
GRAPP
HEY!
KLACK

WAS DENN, NAKAMIYA?
MACHST DU DIR ETWA SORGEN UM DIE VAMPIRE, ODER WAS?

DARUM GEHT'S NICHT!
DU ...
... ÜBERTREIBST VÖLLIG!

HAST DU SO WAS SCHON MAL GESEHEN?
?

LEICHEN, MEINE ICH.
DIE LEICHEN DER VAMPIRE.

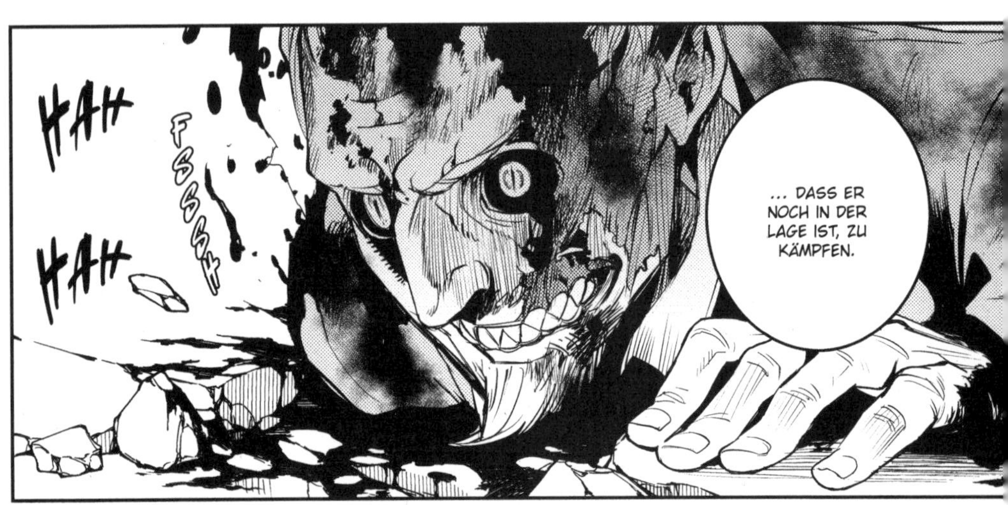

DESWEGEN SCHIESSE ICH SO LANGE AUF IHN, BIS ER SICHER NICHT MEHR AUFSTEHT.

KLACK

ABER DAS IST DOCH VIEL ZU …

WENN DU MICH NOCH EINMAL WEGEN SO EINER LAPPALIE UNTERBRICHST, MACHE ICH HACKFLEISCH AUS DIR.

HERR MIKOGAMI WÜRDE SO ETWAS NIE ...
WO IST DER ANDERE VAMPIR?
!

FWK
ACK

EIN JUNGE ...
KNACK

GROOOAR

ER IST DOCH NOCH EIN KIND!

ERSCHIESS IHN, NAKAMIYA!
GNN

AH
...

TSS!
FSST

MEISTER, ES TUT MIR LEID, …
… DASS ICH NICHTS FÜR EUCH TUN KONNTE.

HAH
HAH
HAH
HAH

LIN …

ÜBERNIMM DU DAS BITTE!

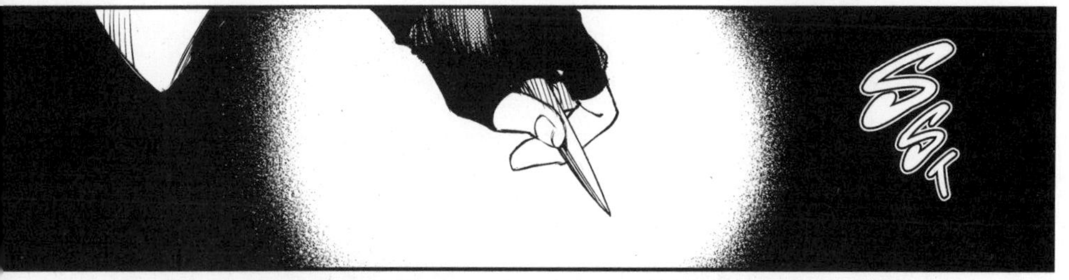
SSST

WAS HAT ER VOR?
MEIN MEISTER HAT SICH FÜR EINEN EHRENVOLLEN TOD ENTSCHIEDEN.
UNTERSTEHT EUCH, IHN ZU BERÜHREN, IHR BARBAREN!

DAS LASSE ICH …
… NIEMALS ZU!

DOMM

SWISH

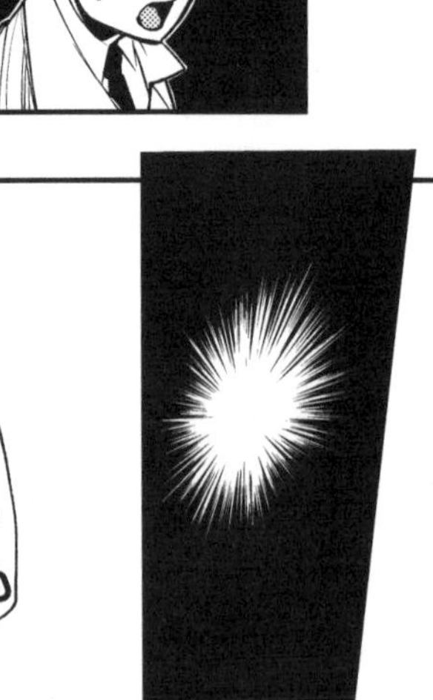

DIE MENSCHHEIT HINGEGEN MACHT GEWALTIGE FORT-SCHRITTE.

ROBERT HAT MIR EINMAL VERRATEN, ...
... DASS ER AMPHISBAENA SCHON SEHR LANGE KENNT.
ÜBRIGENS HAT ROBERT AUCH EINEN GELIEBTEN MENSCHEN VERLOREN, GENAU WIE DU.
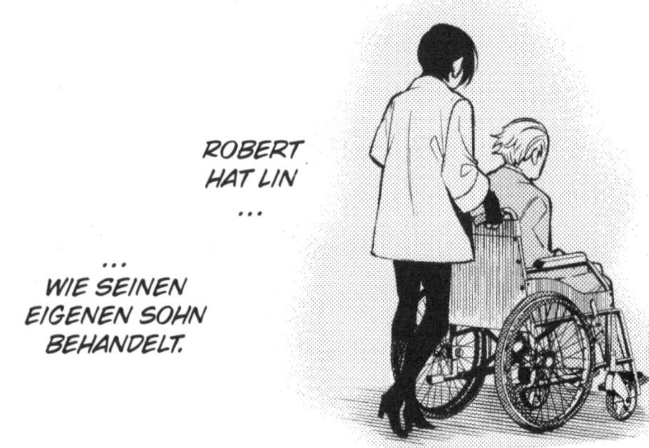
SEITDEM LIN SEIN GEHILFE WURDE, SCHIEN ES IHM WIEDER BESSER ZU GEHEN ...
ROBERT HAT LIN ...
... WIE SEINEN EIGENEN SOHN BEHANDELT.

DAS IST SELTSAM ...
DIE MENSCHEN HABEN NOCH NIE SO EINEN AUFWAND BETRIEBEN, UM UNS ZU JAGEN ...
WARUM PLÖTZLICH SO EIN AUFGEBOT?

DU SCHLAPP-SCHWANZ!
FWOCK

WIE KONNTEST DU IN DIESER SITUATION NUR TATENLOS ZU-SCHAUEN?!
WARUM HAST DU NICHT GESCHOSSEN?
HÄH?

WENN DU DABEI DRAUFGEHST, SCHÖN UND GUT.
ABER ES KANN NICHT SEIN, DASS ICH WEGEN DIR EINEN ANSCHISS VON MEINEM CHEF BEKOMME!
TUT MIR LEID.

DEINE BILLIGE ENTSCHULDIGUNG KANNST DU DIR SONST WOHIN SCHIEBEN!
VIELLEICHT HÄTTE MIKOGAMI DIR IN SOLCHEN SITUATIONEN AUS DER PATSCHE GEHOLFEN, …
… ABER ICH NICHT!
GRAPP
HÖR GUT ZU!
WENN DU DAS NÄCHSTE MAL WIEDER ZÖGERST, AUF VAMPIRE ZU SCHIESSEN, DANN BRINGE ICH …
TONK TONK TONK
…
… DICH U…
FWUPP
NAKA-MIYA!
ALLES OKAY BEI DIR?
UND?
WIE WAR DEIN ERSTER VAMPIRKAMPF?
Ä… ÄHM …

NÄCHSTES MAL SOLLTEST DU GENAU AUF IHRE SCHWACHSTELLE ZIELEN.
KEINE SORGE! MIT UNSEREN HOCHMODERNEN WAFFEN KÖNNEN WIR DIE VAMPIRE PROBLEMLOS VERNICHTEN.

... SEIN PLAN?

NAKAMIYA ...

ER IST ES. ICH BIN GANZ SICHER.

… ES SCHMECKT NICHT.
DER VAMPIR MIT DEN ZWEI GESICHTERN …
… GERADE GESAGT?
ICH BIN DERJENIGE, DER DAS ALLES …
… GENAU SO GEPLANT HAT.
… AMPHISBAENA.

DAS IST ER.

ICH BIN GANZ SICHER.

HÄÄ?
WAS SOLL DAS DENN?

ICH VERSTEHE, DASS DU DIR SORGEN MACHST, ABER DU KANNST DEINE KOLLEGEN JETZT NICHT RETTEN.

DIE LAGE IST VIEL KOMPLIZIERTER, ALS DU DENKST.

AMPHISBAENA, …

… GEHST DU NUR SO WEIT, UM KEIGO WEITER ZU QUÄLEN?

WAS FÜR EIN GEMEINER KERL!

BAMM

KLI
NG

FWK
FWK

BAMM

RATATATATA
WUSH

TATATATATA
POLICE

SKRRT
BAMM
BAMM
WLOB
WLOB
HNG
KOMISCH … MEINE WUNDE HEILT SO LANGSAM.
KCH
KCH
WAS SIND DAS FÜR TYPEN?!

I … ICH BRINGE SIE UM!
WAR-TE!

DA DRAUSSEN BIST DU DIE PERFEKTE ZIEL-SCHEIBE.

ABER …
… ICH KANN DOCH HIER NICHT NUR RUMSITZEN UND NICHTS TUN.
WIR SIND VAMPIRE.
DAS DA DRAUSSEN SIND BLOSS IRGEND-WELCHE MENSCHEN …

DAS IST EINE SPEZIALEINHEIT, AUSGEBILDET FÜR DIE BEKÄMPFUNG VON VAMPIREN.

ALS ICH ...

... DAMALS AUF EIGENE FAUST DAS DOPPELGESICHT GEJAGT HABE, WAREN SIE ALLERDINGS NOCH NICHT SO GROSS AUFGESTELLT.

WIR HABEN UNS LANGE NICHT GESEHEN.

ICH HOFFE, DASS ES DIR GEFÄLLT, KEIGO ...

HÖR MIR ZU! MENSCHEN SIND FÜR UNS …

… NICHTS ANDERES ALS BEUTE.

KLING

WIR MÜSSEN IHNEN BEIBRINGEN, WELCHE KONSEQUENZEN ES HAT, …

… UNS ZU PROVOZIEREN.

HEY, WAS SOLL DAS DENN WERDEN?

DIESE MENSCHEN WERDEN VOM DOPPEL-GESICHT SCHAMLOS AUSGENUTZT!

SOLANGE IHR EUCH HIER VERSTECKT HALTET, SEID IHR MIR BLOSS EIN KLOTZ AM BEIN.

DANTE LENKT DIE SCHARF-SCHÜTZEN AB.
IHR SOLLTET VON HIER VERSCHWIN-DEN.
IST DAS DEIN ERNST?
WAS SOLL ICH MACHEN?!
WILLST DU ...
... DIESE MEN-SCHEN TÖTEN?
DAS IST MEINE AUFGABE ...
... ALS VAMPIR.
HEY!
IHR VAMPIRE!
ICH WEISS GENAU, ...
... DASS IHR HIER SEID!

JETZT, WO WIR DICH ZUM ABSCHUSS FREIGEGEBEN HABEN, HAST DU DIE HOSE PLÖTZLICH GESTRICHEN VOLL, ODER WAS?
BEVOR DU KRE-PIERST, …
… WILL ICH WENIGSTENS EINMAL DEINE FRESSE SEHEN!
KEIGO MIKO-GAMIII!

WA… WA… WAS IST DAS DENN FÜR EIN ORDINÄRER KERL?!
…

KAZUMI?
BIST DU DAS, KAZUMI?!

WENN DU HIER BIST, …
… DANN HEISST DAS, …
… DASS DIE ANDEREN AUCH DABEI SIND, RICHTIG?!

VER-RECKE, …

… DU VER-DAMMTE BESTIE.

ICH LASSE NICHT ZU, ...
... DASS MEINEM GEHILFEN ETWAS ZUSTÖSST!

GAAAH
ROA

GR
!
W... WAS ZUM TEUFEL ...
WAS IST DAS DENN JETZT ...
OOO
... FÜR EIN MONS-TER?!

FLAT
LOS, KEIGO! DAS IST EIN BEFEHL!
NICHTS WIE WEG HIER!

KOMM, SCHATZ!
GRAPP
ER IST SO NAH!
WARTE!
ICH MUSS IHN …

GRAPP
FWUPP

ICH MÖCHTE GAR NICHT GENAU WISSEN, …
… WAS DAS DOPPEL-GESICHT VORHAT.

ABER EINS IST SICHER: ER WILL MICH …

… INS VERDERBEN STÜRZEN.

KLONK

DAS IST EINE PATRONE AUS SILBER, …
… DIE DEN PROZESS DER WUNDHEILUNG HEMMT.

AUSSERDEM HAT SIE EINEN HOHEN REINHEITSGRAD.

DIESE MENSCHEN HABEN ECHT WAS DRAUF. SIE SIND VIEL SCHLAGKRÄFTIGER, …
… ALS WIR DACHTEN.

HOFFENTLICH …
… KOMMT LADY MOMO UNVERSEHRT ZURÜCK.

ES TUT MIR LEID.
ABER ALLEINE KANN SIE WOHL NICHT BESTEHEN GEGEN SO EINE …

GRRRT
DU HAST WIRKLICH KEINE AHNUNG, GRÜNSCHNABEL!

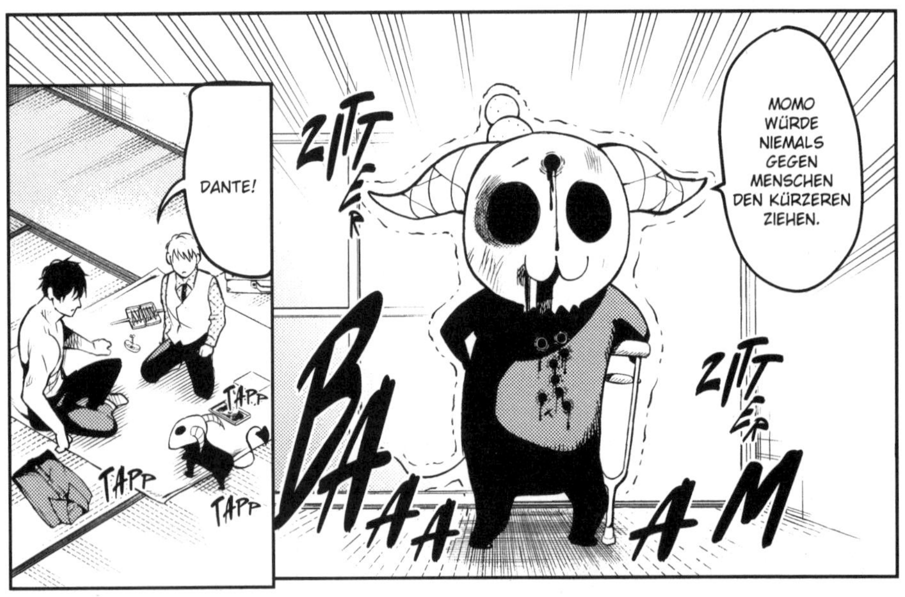
MOMO WÜRDE NIEMALS GEGEN MENSCHEN DEN KÜRZEREN ZIEHEN.
ZITTER
ZITTER
BAAAAAM
DANTE!
TAPP
TAPP
TAPP

SIE WOLLTE BLOSS VON DIR NICHT DABEI GESEHEN WERDEN, …
HEPP!
KAAAAH
… WIE SIE MENSCHEN TÖTET.

ANDERS ALS DU WEISS SIE, WAS DAS BEDEUTET.

JETZT WEISST DU BESCHEID. ALSO …
… WENN DU NICHT NUR DAS FÜNFTE RAD AM WAGEN SEIN WILLST, …
… SOLLTEST DU SIE …
… IN ZUKUNFT BESSER UNTERSTÜTZEN.
KNARZ

ICH …
… MÖCHTE EIN BAD NEHMEN.

#022 Den Kopf waschen

EINE SPEZIALEINHEIT DER POLIZEI ... BEGANN GERADE MIT IHRER OPERATION ...

SIE VERSCHWEIGEN WEITER, DASS DIE TÄTER VAMPIRE SIND.

DER MANN MIT DEN ZWEI GESICHTERN, ...
... NAKAMIYA, ...
... KAZUMI ...

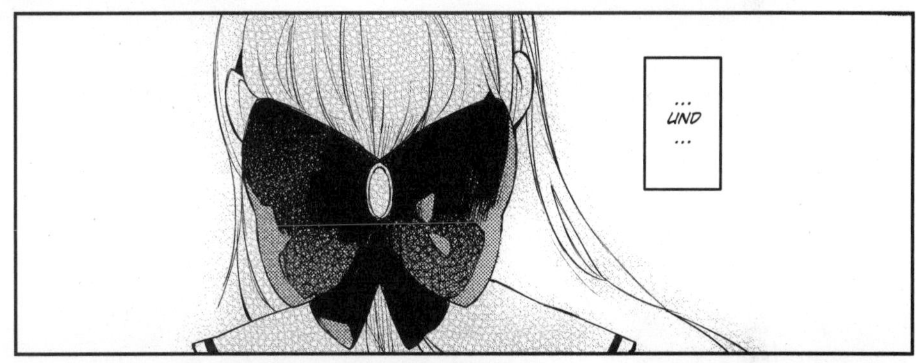

DAS BADE-
WASSER
IST EINGE-
LASSEN.

DU KANNST ZUERST BADEN.
ICH GEHE SPÄTER ...

WAS LABERST DU DA?
STARR

MIR DEN RÜCKEN ZU SCHRUBBEN, GEHÖRT AUCH ZU DEINEN AUFGABEN.
!

NEIN, NEIN, NEIN! MOMENT MAL!

ACH, ICH HAB'S KAPIERT!
DU KANNST DIR DIE HAARE NOCH NICHT ALLEINE WASCHEN, STIMMT'S?

DIESES BLUT ...

... KRIEGE ICH NICHT ALLEIN ABGESPÜLT.

FSHHHH
KEIGO, …
… MACH DIE AUGEN AUF!
SO WIRD ES NICHT RICHTIG SAUBER.
WUSCHEL
NA KLAR! ICH KANN DEINE HAARE AUCH MIT GESCHLOS-SENEN AUGEN WASCHEN.
WUSCHEL
WUSCHEL
WUSCHEL
MANN!
WARUM VERSTEHT SIE DAS DENN NICHT?
WAS VER-LANGT SIE HIER BLOSS VON MIR?

SAG MAL, ...
... SIND SO LANGE HAARE NICHT UMSTÄNDLICH?
NEIN, ÜBERHAUPT NICHT.
MAN BRAUCHT BLOSS VIEL ZEIT, UM SIE ZU WASCHEN.
JA, OKAY. UND DAS IST JETZT MEINE AUFGABE.
ALLERDINGS ...
... HABEN VAMPIRE WOHL JEDE MENGE ZEIT.

...
DU JETZT AUCH.

STIMMT.
IRGENDWIE IST MIR SO NACH UND NACH MEIN ZEITGEFÜHL ABHANDENGEKOMMEN.
ICH WERDE IMMER UNEMPFINDLICHER.
DIESES BLUT ...
... GEHÖRTE DEN MENSCHEN, ...
... DIE IHR ZUM OPFER GEFALLEN SIND.

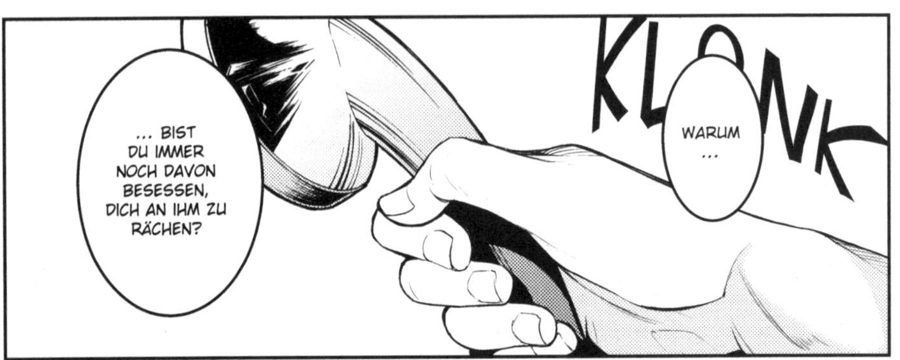
KLONK
WARUM ...
... BIST DU IMMER NOCH DAVON BESESSEN, DICH AN IHM ZU RÄCHEN?

DU WEISST DOCH, WIE GRAUSAM ER IST.
SOLANGE DU HINTER IHM HER BIST, ...
... RAUBT ER DIR ALLES, WAS DIR ETWAS BEDEUTET, ...
... NUR UM DICH ZU QUÄLEN.

FSHHHH
FALLS DU ES SCHAFFST, IHN ZU TÖTEN, WAS WÜRDEST DU DANACH TUN?

DEINE RACHE WIRD DIR KEINEN FRIEDEN BRINGEN.

DER KOPF.

ALS MEINE VERLOBTE ERMORDET WURDE, FEHLTE IHR DER KOPF. BIS HEUTE HAT IHN NIEMAND GEFUNDEN.

ICH WILL IHN MIR HOLEN UND DEN TYPEN UMBRINGEN.

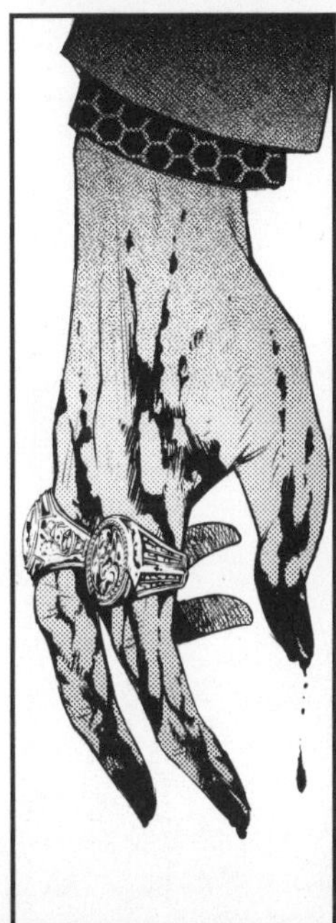

ICH WILL MIR IHREN VERLORENEN KOPF ...
... VON IHM ZURÜCK-HOLEN.

NUR DANN WERDE ICH RUHE GEBEN.

SEITDEM ICH DIESEN ENTSCHLUSS GEFASST HABE, ...
... IST DER WEG, ...
... DEN ICH BESCHREITE, UNABÄNDERLICH.

DIESE GESCHICHTE BRINGE ICH SELBST ZU ENDE.
GNN

NA JA, …
… ICH HÄTTE NICHT GEDACHT, DASS ICH EIN VAMPIR WERDE!
PLITSCH
UND ICH DIENE SOGAR SO EINEM KLEINEN …
JA …
AUCH WENN SIE SO KLEIN IST UND JUNG AUSSIEHT, …
RUB RUB
HIER.
DEN REST SCHAFFST DU ALLEINE.
SST

... IST SIE EIN VAMPIR.
ALS SIE ZURÜCKKAM, WAR SIE VON KOPF BIS FUSS VOLLER BLUT UND HATTE NICHT EINEN EINZIGEN KRATZER AM KÖRPER.
VIELLEICHT REGENERIERT SIE SICH VIEL SCHNELLER ALS ALLE ANDEREN.
DAS BEWEIST DOCH, DASS SIE UNTER DEN VAMPIREN EINE KLASSE FÜR SICH IST.

VAMPIRE SIND STARK, BRUTAL …

… UND HARTNÄCKIG.

BISHER DACHTE ICH, …

… DASS DAS DOPPELGESICHT, DAS YOKO AUF DEM GEWISSEN HAT …

… UND FUYUKI SO JÄMMERLICH ZUGRUNDE GERICHTET HAT, …

… SO GRAUSAM IST WIE ALLE ANDEREN VAMPIRE.

AUCH SIE IST EIN VAMPIR UND UNTERSCHEIDET SICH IN DER HINSICHT NICHT VON DEN ANDEREN.

ICH WEISS NICHT, WAS IN IHREM KOPF VORGEHT UND KANN MICH NICHT AUF SIE VERLASSEN, …

… DAS DACHTE ICH JEDENFALLS.

„ICH HASSE EUCH.“

ABER ...
HEY, ...
... WARUM KÄMPFST DU EIGENTLICH?

DU BIST DIE TOCHTER DES URAHNEN KUDLAK, ALSO ...
... KÖNNTEST DU SOLCHE KÄMPFE ... DOCH DEN ANDEREN ÜBERLASSEN.

ES GIBT GENUG VAMPIRE, DIE IHR LEBEN GENIESSEN, ANSTATT IHRES-GLEICHEN ZU JAGEN.
DU HÄTTEST GENAUSO WIE SIE ...
... EIN LEBEN IN RUHE UND FREIHEIT FÜHREN KÖNNEN.

KLONK

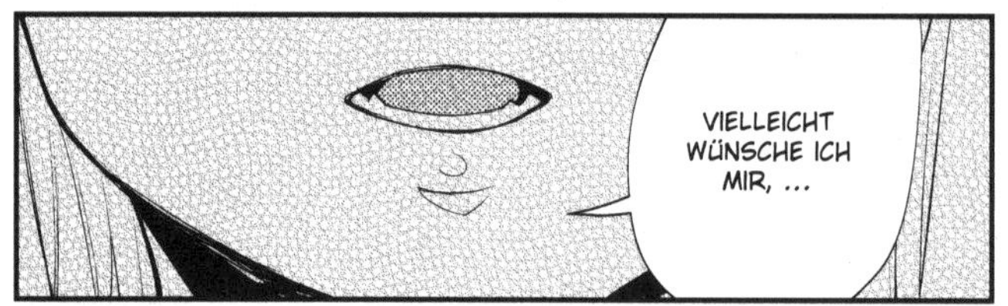
VIELLEICHT WÜNSCHE ICH MIR, ...

... DASS ALLE VAMPIRE AUSSTER-BEN.

ICH HABE DIR SCHON MAL ERZÄHLT, DASS WIR ZU LANG GELEBT HABEN.
FRÜHER HATTE ICH AUCH DIE HOFFNUNG, DASS WIR MIT DEN MENSCHEN ZUSAMMENLEBEN KÖNNEN.
ABER NEIN.

ES GAB AUCH ZEITEN, IN DENEN VAMPIRE NACH SOLCH EINEM ZUSAMMENLEBEN GESTREBT HABEN.
DOCH JEDES MAL, WENN WIR AUF DEM WEG IN EINE SOLCHE ZUKUNFT WAREN, TAUCHTEN VAMPIRE WIE AMPHISBAENA AUF ...
... UND VERMASSELTEN ALLES.

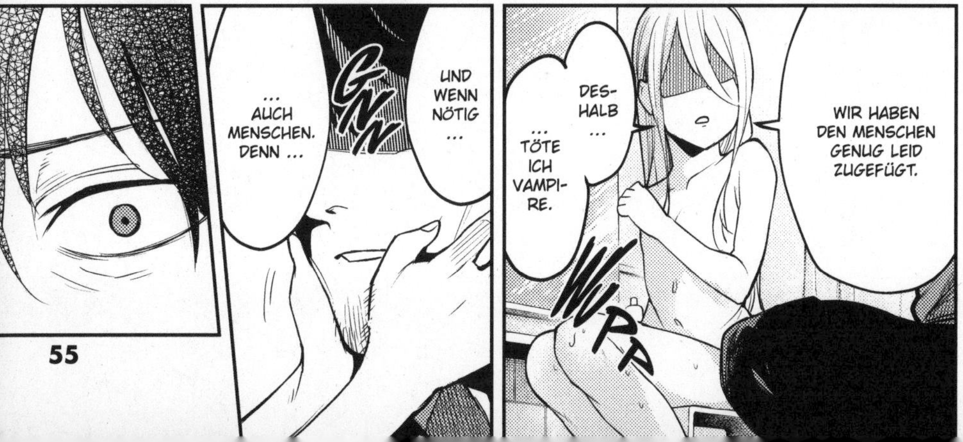
WIR HABEN DEN MENSCHEN GENUG LEID ZUGEFÜGT.
DES-HALB ...
... TÖTE ICH VAMPI-RE.
WUPP
UND WENN NÖTIG ...
... AUCH MENSCHEN. DENN ...
GNN

...
DAS IST
MEINE
...

ABER WARUM HAST DU MICH DANN DAMALS GERETTET?

WARUM GUCKST DU MICH SO TRAURIG AN?

WARUM BIST DU ...

WUPP

MIR WIRD LANGSAM SCHWINDELIG.

SSSK

WANK

WIR WAREN ZU LANGE IM BAD.

ICH MÖCHTE ...

#023 Ein nutzloser Gehilfe

ICH HÄTTE NICHT GEDACHT, ...

... DASS LADY MOMO SO ERSCHÖPFT IST.

ES WAR FÜR SIE SICHER UNGEWOHNT, ...

... GEGEN MENSCHEN KÄMPFEN ZU MÜSSEN.

AUSSERDEM ZEIGT SIE NICHT GERNE IHRE SCHWÄCHEN.

FWUPP

IHR MÜSST EUCH KEINE SORGEN UM MICH MACHEN.

WANK

WENN ICH MICH KURZ HINLEGE, GEHT'S MIR GLEICH WIEDER BESSER.

BOFF

IM KELLER IST EIN SARG, DEN WIR NICHT BENÖTIGEN.
DIE ERDE DAFÜR MÜSST IHR EUCH SELBST BESORGEN, …
… ABER IHR KÖNNT IHN VERWENDEN, …

… HAT ALCINA GESAGT.
MORGANA!

LADY MOMO …
RUHE DICH AUS, MOMO. DU HAST DICH ETWAS ÜBERANSTRENGT.
WENN DU KRANK WIRST, WIRD UNSER FREUND HIER NOCH OBDACHLOS.
EIN MITTELLOSER MANN

WAS IST DENN …
… DER UNTERSCHIED ZWISCHEN EINEM NICKERCHEN IM SARG ODER AUF DER COUCH?
WIR SCHLAFEN IM SARG, WEIL DORT DER LICHT-EINFALL KOMPLETT ABGESCHIRMT WIRD.

WENN WIR UNS AUF DIE ERDE UNSERER HEIMAT LEGEN, …
… REGENERIEREN WIR DURCH DIE LEBENSENERGIE DIESER ERDE SCHNELLER, …
… OBWOHL DIESER BRAUCH HEUTZUTAGE AUS DER MODE GEKOMMEN IST.

ICH WERDE IHRE SCHLAFSTÄTTE ZURECHT-MACHEN.
KLACK
PUH … DAS WAR ECHT ANSTRENGEND. ALSO …
AAAA
… WERDE ICH MICH JETZT MAL 'NE RUNDE MEINEM BACKLOG WIDMEN.
KHA HA HA HA!
TADAAA!

NUR EIN SCHERZ.
SST

HA …
HA HA …

MORGANA.
IHRE WECHSEL-KLAMOTTEN.

OBEN IST EIN SCHLAF-ZIMMER.
BIS IHR SARG FERTIG IST, KANN SIE DORT SCHLAFEN, …

… SAGTE ALCI…
MOR-GANA!

ICH MACHE DAS NUR, WEIL ICH KEIN ARSCH BIN!

DAMIT DAS KLAR IST!

WUPP

SIE HATTE WAS GUT BEI MIR.

UND JETZT REVANCHIERE ICH MICH.

ALCINA ...

UND JETZT IST SIE IN DIESER VERFASSUNG, WEIL SIE DIESE FREAKS GANZ ALLEINE ANGEGRIFFEN HAT!

SIE HAT UNS NICHT MAL GEFRAGT, OB WIR ZUSAMMEN KÄMPFEN KÖNNEN, ALS WÄREN WIR NICHT GUT GENUG DAFÜR!

GRRRRR

DAS STIMMT.
IRGENDWIE FEHLT EUCH BEIDEN KOMPLETT ...
... DAS GEGENSEITIGE VERTRAUEN.

ES WUNDERT MICH, DASS PERSEPHONE NOCH IMMER ZU DIR HÄLT.

D...

DAS SCHAF-FE ICH ...

... ALLEINE.

RSCHL
RSCHL
ZITTER
ZITTER
NG ...

SST

WIESO?

WEIL ICH …

… DEINE EHEMALIGEN KOLLEGEN GETÖTET HABE.

ES GING NICHT ANDERS.
TAPP

ES BLIEB UNS KEINE ANDERE WAHL.
HÄTTEST DU NICHT GEKÄMPFT, WÄREN WIR WOHL ALLE GESTORBEN, ODER?

TOMA KÜMMERT SICH UM DEINEN SCHLAFPLATZ.

RUHE DICH BIS DAHIN HIER AUS.

KLACK

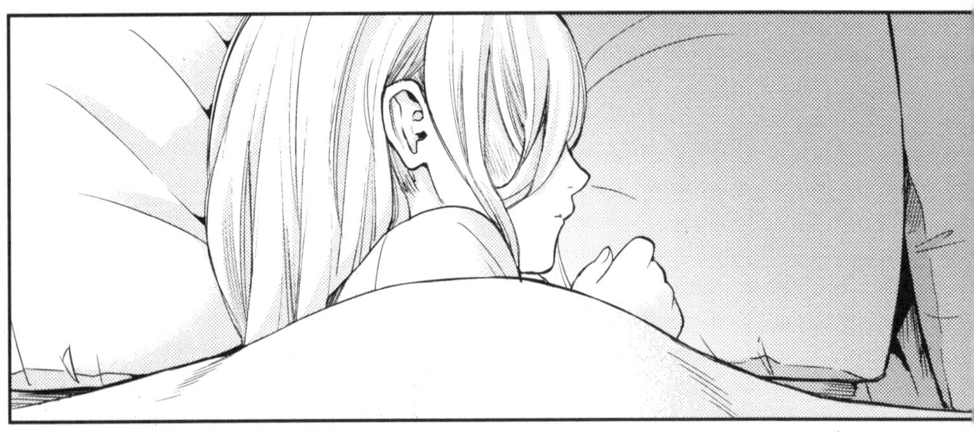

ES GING NICHT ANDERS?

GNN

DER TOD MEINER KOLLEGEN WAR NICHT UMSONST.

FÜR MOMOS SÜNDEN …

… BIN ICH VERANT-WORTLICH.

ICH WEISS JETZT, WAS ICH TUN MUSS.

KNARZ

KEIGO …

WO WILLST DU HIN?
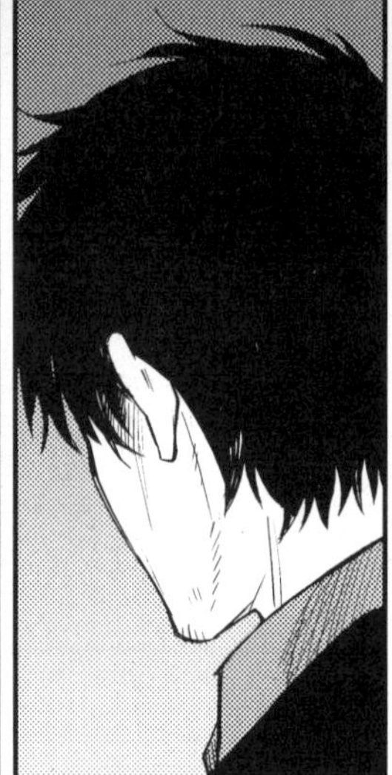

TOMA ...

KÖNNTEST DU DAS MOMO GEBEN?

DEIN POLIZEI-AUS-WEIS?
JA. ICH BRAUCHE IHN NICHT MEHR.

DANTE HAT AUCH GESAGT, …

… DASS DU IMMER …

… BEI LADY MOMO BLEIBEN SOLLST!

ABER GENAU DESHALB MUSS ICH MEIN BESTES GEBEN.

#024 v.a.c.t.

ICH HABE NOCH …
… SO VIELE FRAGEN AN SIE.
HAH
HAH
HAH
WARUM SIND SIE EIN VAMPIR GEWORDEN?
ODER WAREN SIE ETWA VON ANFANG AN …
WER IST DIESES MÄDCHEN?
WARUM?
WARUM MUSSTE FUYUKI STER-BEN?
WAS HABEN SIE EIGENTLICH VOR?
WARUM?
WARUM?!
BITTE …
HAH
HAH
BITTE ANTWORTEN SIE!

FRRZCH
UWAAAAAAH
AAAAARGH

PLATSCH
?!!

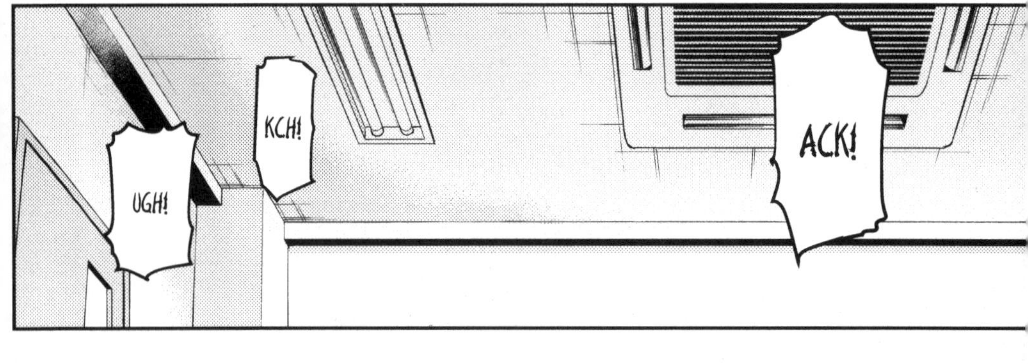
ACK!
KCH!
UGH!

PLITSCH
PLITSCH
PLITSCH
!

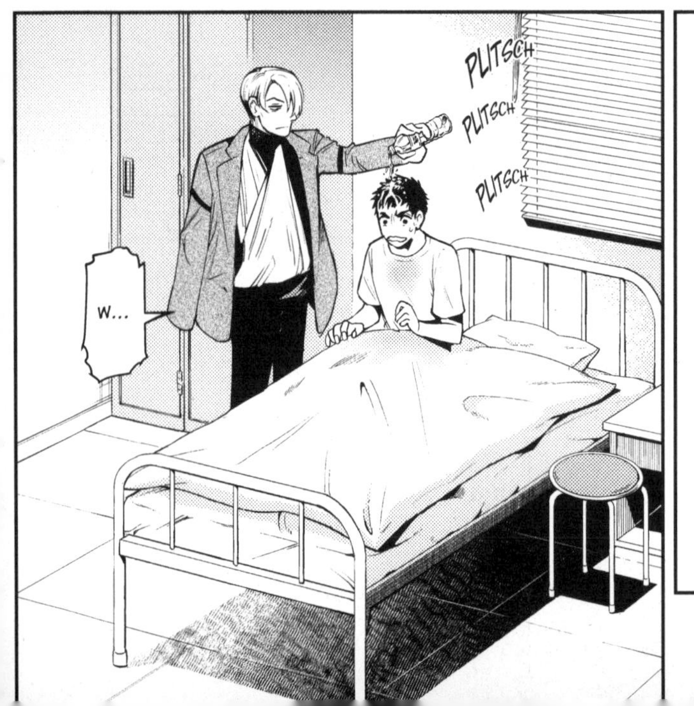
PLITSCH
PLITSCH
PLITSCH
W...

DIE ZEIT FÜRS DUSCHEN KANNST DU DIR SPAREN.
KLONK
STEH AUF UND ZIEH DICH UM, ...
... TAUGE-NICHTS!

HI, LEUTE! SEID IHR ALLE SCHON DA?

OHA! DA HAT JEMAND GUTE LAUNE!

EIN MEETING UM DIESE UHRZEIT IST EINFACH ZU FRÜH FÜR MICH.

NAKAMIYA IST AUFGEWACHT, ...

... ALSO KÖNNEN WIR JETZT MIT DEM MEETING ANFANGEN.

JA, UND ZWAR HANDELT ES SICH UM EINE NACH-BESPRECHUNG ZUM GESTRIGEN EINSATZ.

KLACK

* Special Investigation Team ** Special Assault Team

MAMPF
MAMPF
FRAU TACHIBANA, ...
ICH HÄTTE NICHT GEDACHT, DASS SIE AUCH DIESER EINHEIT ANGEHÖREN.
WAS WUSSTEN SIE ÜBER HERRN MIKOGAMI?
WARUM HABEN SIE NICHTS GESAGT, OBWOHL SIE WUSSTEN, WAS MIT FUYUKI LOS WAR?
WARUM HAT HERR MIKOGAMI ...
KLACK
HÖR BITTE AUF, MICH MIT FRAGEN ZU LÖCHERN.
VIELLEICHT SOLLTEST DU DIR VON DEINEM VORGESETZTEN EINE SCHEIBE ABSCHNEIDEN.

HEY, IHR SÜSSEN!

WENN JEMAND REDET, SOLLT IHR STILL SEIN UND ZUHÖREN.

ICH WERDE SONST NOCH EIFERSÜCHTIG, WENN IHR VOR MEINEN AUGEN …

… MITEINANDER FLIRTET.

VERRECKE!

WENN MAN BERÜCKSICHTIGT, UNTER WELCHEN SCHWIERIGEN UMSTÄNDEN DER LETZTE EINSATZ ABGELAUFEN IST, ...

... SIND SECHS TODESOPFER VIELLEICHT NOCH RELATIV WENIG. ABER WIR HABEN TROTZDEM DEN KAMPF VERLOREN.

WIR SOLLTEN UNSERE NIEDERLAGE ERNST NEHMEN.

IMMER MIT DER RUHE!

KEI SHIRANUI.

ZUMINDEST HABEN WIR IM LETZTEN KAMPF EINIGES DAZUGELERNT.

ZUM BEISPIEL WAS IHRE WAFFEN ANGEHT.

VAMPIRE NUTZEN IHR EIGENES BLUT ALS WAFFE.
DIE VERWANDLUNG DES ALTEN VAMPIRS …
… UND DIE LANZE, DIE DAS MÄDCHEN HATTE, ZUM BEISPIEL.

VAMPIRFORSCHER BEZEICHNEN DAS ALS **„BLUTSCHATTENPANZER“.**
MANCHMAL FUNGIERT ES ALS WAFFE, MANCHMAL ALS EINE ART RÜSTUNG.
MANCHE VAMPIRE KÖNNEN SICH SOGAR IN EIN GANZ ANDERES WESEN VERWANDELN, OBWOHL WIR SOLCHE FÄLLE GESTERN NICHT REGISTRIEREN KONNTEN.
JEDENFALLS IST DAS EINE HOHE KUNST, DIE VAMPIRE DER UNTEREN HIERARCHIEN WIE DIE MOROI NOCH NICHT BEHERRSCHEN.

GENAU DESHALB HABEN WIR DIESE SPEZIELLE MUNITION ENTWICKELT.

SST

MEINE BISHERIGE FORSCHUNG HAT BEREITS BESTÄTIGT, DASS BEKANNTE KLISCHEES WIE „VAMPIRE ZEIGEN SCHWÄCHE BEI SONNENLICHT UND BEI KONTAKT MIT SILBER" EINEN WAHREN KERN HABEN.

SILBER BEWIRKT ...

... EINE VERÄNDERUNG DES ZUSTANDS IHRER BLUTKÖRPERCHEN UND HEMMT DIE GERINNUNG.

DAS HEISST, DASS DIE BLUTUNG NICHT AUFHÖRT.

GANZ SO WIE DAS GIFT DER HABUSCHLANGE AUF MENSCHEN WIRKT.

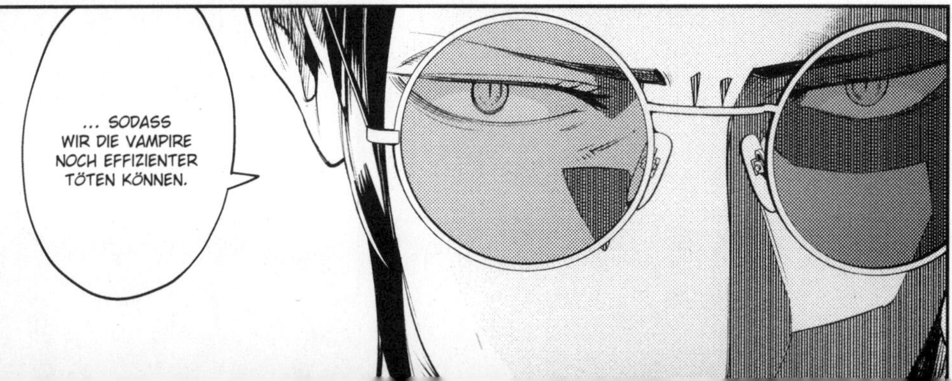

WAHRSCHEINLICH IST DIESES MÄDCHEN …

… MIT DEM URAHNEN SEHR NAH VERWANDT. SPRICH, …

… SIE IST AUSSERORDENTLICH GEFÄHRLICH.

UND IHR GEHILFE …

… KEIGO MIKOGAMI GENAUSO.

JA, VAMPIRE VON IHREM GEHILFEN ZU TRENNEN HAT IMMER OBERSTE PRIORITÄT. DESHALB ...
... MUSS MAN IHN ZUALLERERST VERNICHTEN, STIMMT'S?
DESHALB ...

... TÖTEN WIR ...
... KEIGO MIKO-GAMI.

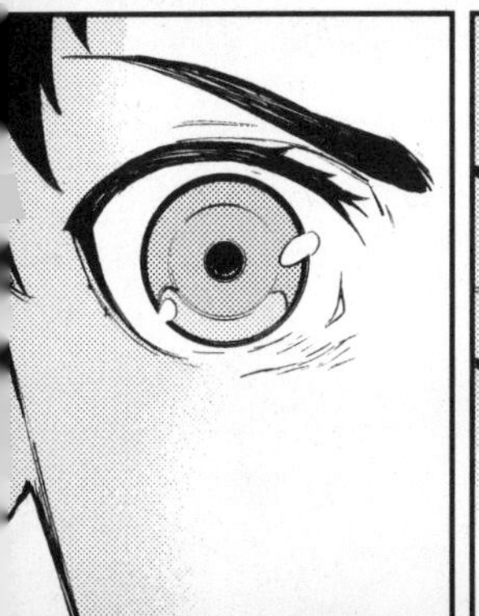
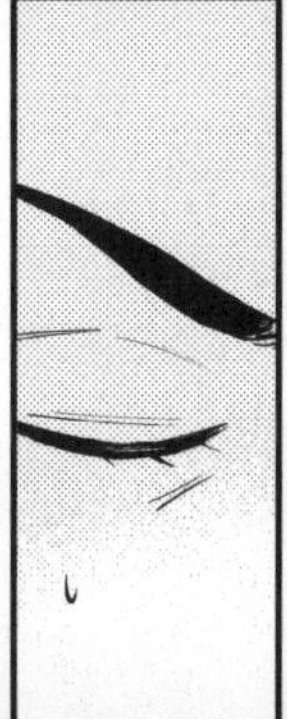

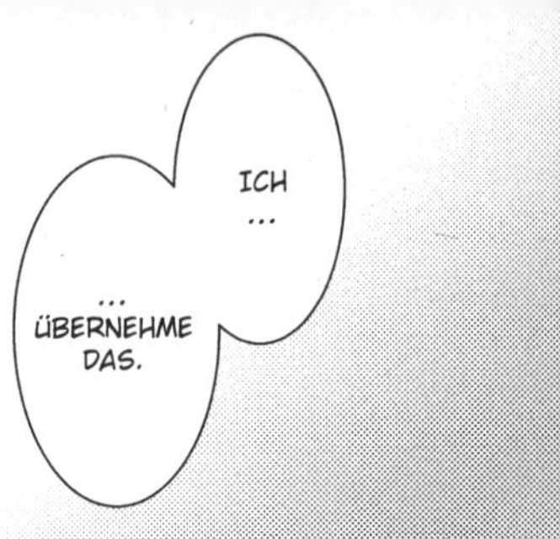

LASSEN SIE MICH ...

... HERRN MIKOGAMI TÖTEN.

GRAPP

NAKAMIYA, ...

... DU NERVST MICH TIERISCH.

DU KLEINER ROTZ-LÖFFEL.

LASS MICH LOS!

DU KANNST JETZT MAL DEINE WILLENS-STÄRKE UNTER BEWEIS STELLEN!

TAPP TAPP

DU SCHLAPPSCHWANZ! DU HAST DICH JA LETZTENS NICHT MAL GETRAUT, DEN ABZUG ZU DRÜCKEN!

KFF

KFF

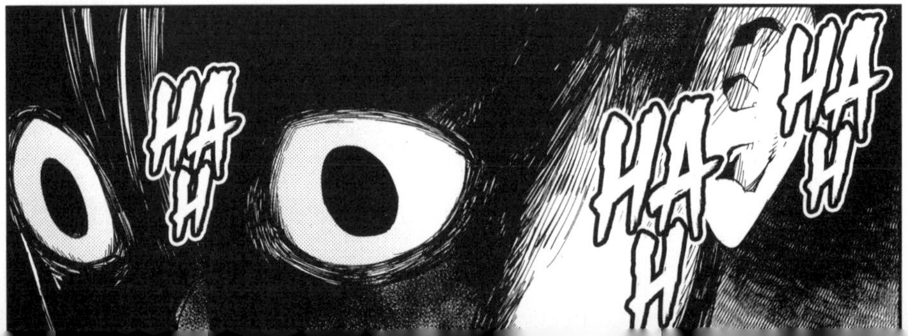

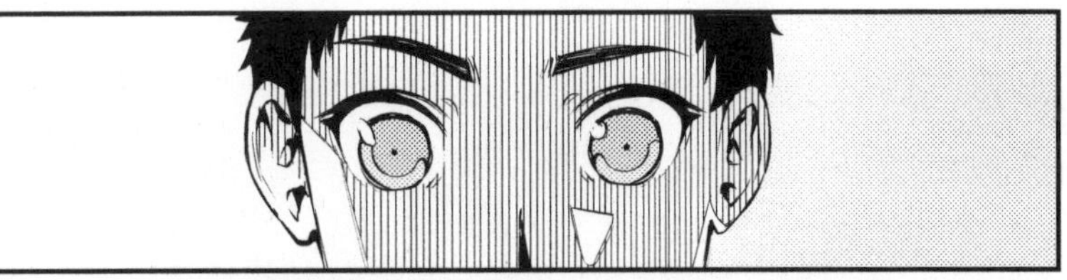

#025 Wem Gerechtigkeit widerfährt

#025 Wem Gerechtigkeit widerfährt

WAS HABT IHR MIT IHM GEMACHT?!

IHR ...

HIER ...

SST

WENN DU DAVON ÜBERZEUGT BIST, DASS DU MIKOGAMI TÖTEN KANNST, …
… DANN SOLLTE DAS HIER FÜR DICH JA KEIN PROBLEM SEIN!
WA…
GNN

LOS, ER-SCHIESS IHN!
UND ICH GUCK ZU.

NEIN, DAS IST …
DAS WÄRE MORD!
ER IST VÖLLIG HILFLOS!

IST DIR KLAR, MIT WEM DU ES HIER ZU TUN HAST?
ER IST EIN VAMPIR.

WENN DU IHN NICHT TÖTEST, DANN MACHE ICH ES.
NICHT NUR IHN, …

OBWOHL DER VAMPIR SCHWER VERWUNDET IST, ...

... IST NAKAMIYA MIT DER AUFGABE ÜBERFORDERT, ODER?

ER MUSS SICH DARAN GEWÖHNEN, VAMPIRE ZU TÖTEN.

ER MUSS LERNEN, DASS VAMPIRE KEINE MENSCHEN SIND.

RICHTIG!

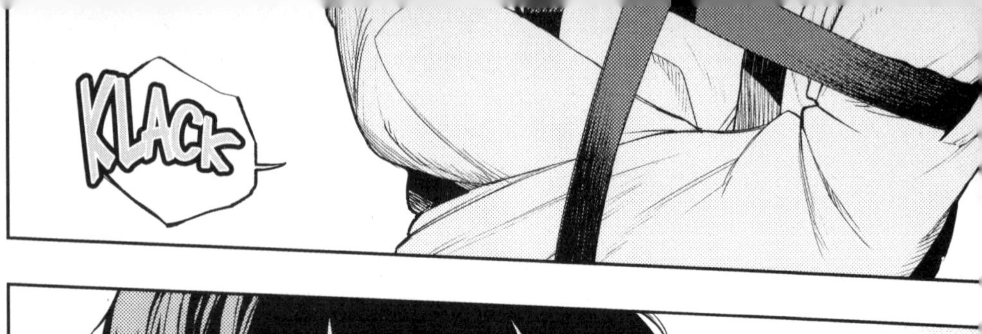
KLACK

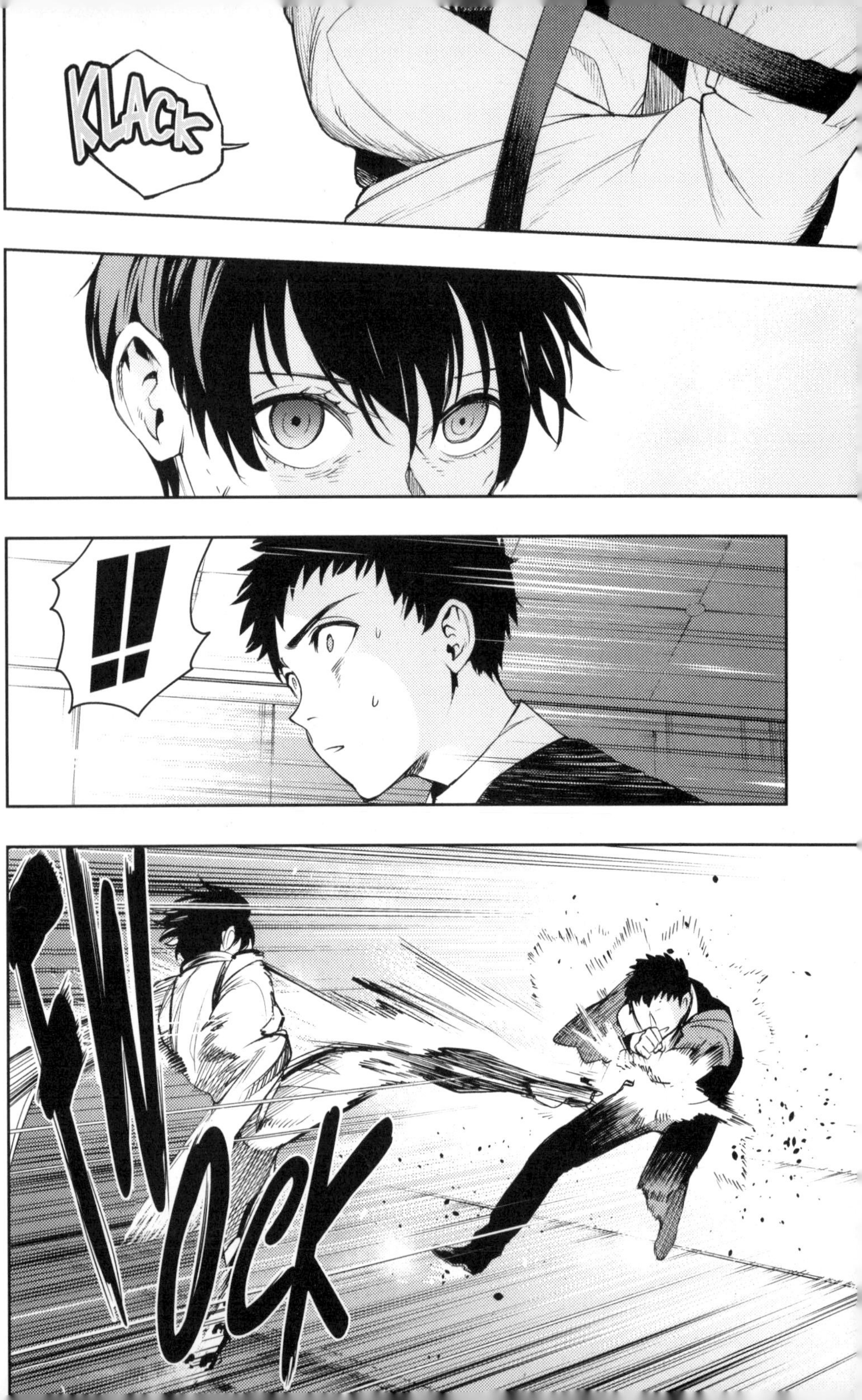

!!

KCH
GROAAR

KCH ...
WANK

UH ...
URG ...

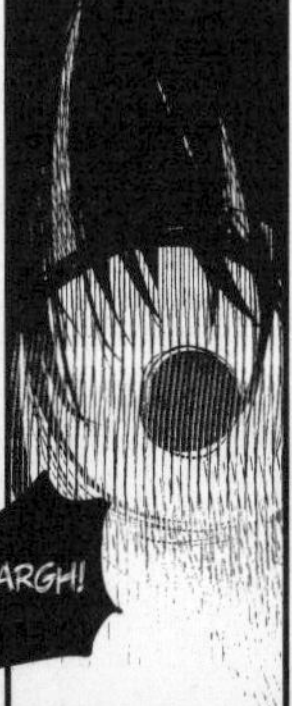
ARGH!

?!

ARGH!

GRRR!

GRRRR!

GGROAAAA

… LIN HAT …

… KAUM NOCH EIN QUÄNTCHEN VERNUNFT IN SEINEM KOPF.

DAS BLUT VON AMPHISBAENA IST ANDERS ALS DAS DER ANDEREN VAMPIRE.
ER KANN DEN EMPFÄNGER SEINES BLUTES ...
... SOZUSAGEN VON INNEN HERAUS STEUERN, ...
... ANSTATT IHM SEINE KRÄFTE ZU ÜBERTRA-GEN.
GRAPP
GANZ EGAL ...
... OB VAMPIRE ODER MEN-SCHEN, ...
... FÜR IHN SIND ...
GNN
UH!
GRNG!

... ALLE
WESEN NUR
EIN MITTEL
ZUM ZWECK.

HEY!

!

HEY, HEY, HEY!

NAKAMIYA, WAS SOLL DAS SEIN?

DU LÄSST DICH VON EINEM HALBTOTEN VAMPIR FERTIG-MACHEN?

WIE ...

GNN

... WILLST DU ES DENN MIT MIKOGAMI AUFNEHMEN?

LASS IHN WIE EINEN WURM AUF DEM BODEN KRIECHEN …
… WIE SEINEN MEISTER!
NAKAMIYA, WENIGSTENS DAS SCHAFFST DU DOCH, ODER?
GRRRRR
RiT RiT SCH SCH
RiT RiT RiT SCH SCH SCH

FWOOOOSCH

!!!

OB SIE MIKOGAMI AUCH SO FOLTERN WERDEN ...
HAH
HAH
HAH
... WIE DIESEN JUNGEN?

WENN ICH ZÖGERE, …

… IHM DEN GNADEN-STOSS ZU VER-PASSEN, WERDEN SIE IHN JAGEN.

KRACK

… DIE GERECH-TIGKEIT?

FSHHHH

ACH, NEE ...

BIST DU TRAURIG, ODER WAS?

SST

NATÜRLICH BIN ICH TRAURIG.

ICH BIN NICHT SO WIE DU.

ABER ...

... ICH WERDE DIE VAMPIRE ...

... TROTZ-DEM TÖTEN.

#026 Besessenheit und Angst

BWOMM
#026 Besessenheit und Angst
FWOSCH

ENTSCHULDIGEN SIE BITTE DIE STÖRUNG.
DAS HIER IST MEINE ART, SIE PERSÖNLICH ZU BEGRÜSSEN.

DU BIST …
ES TUT MIR LEID, ABER …

… ICH MUSS SIE WOHL ODER ÜBEL MIT DIESEM ALBTRAUM HIER KONFRONTIEREN.

EINIGE STUNDEN ZUVOR:
KEIGO MIKOGAMI, ...
... 38 JAHRE, INSPEKTOR.

NACH DEM STUDIUM BESUCHTE ER DIE POLIZEISCHULE UND MACHTE DORT SEINEN ABSCHLUSS ALS JAHRGANGS-BESTER.
DANACH WURDE ER TEAM 3 VON DEZERNAT I ZUGEWIE-SEN.
DOCH ER VERLETZTE SICH BEI EINEM ZWISCHENFALL SCHWER UND BRAUCHTE EINEN MONAT FÜR DIE REHABILITATION.

NACH SEINER GENESUNG BEREITETE ER ZUNEHMEND PROBLEME UND ISOLIERTE SICH ALLMÄHLICH INNERHALB SEINES TEAMS.
MERKWÜRDIGER-WEISE TAT ER SO, ALS HÄTTE ER NICHTS DRAUF, NACHDEM ER ZUR POLIZEISTATION MUSASHINO VERSETZT WORDEN WAR.
BOAH ...
WIE ÄTZEND.

Dann tauchte er während der Ermittlungen zum Serienmordfall mit Hidetoshi Fuyuki plötzlich unter.

Wann er letztlich zum Vampir wurde, wissen wir nicht genau, aber …

… der ursprüngliche Auslöser war wohl …

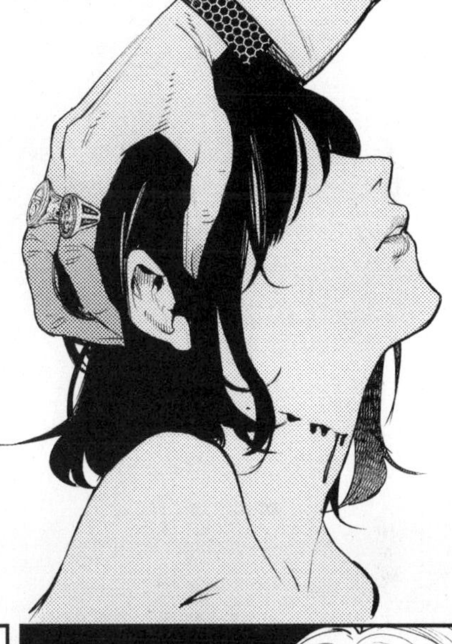

… der Mordfall von Yoko Aikawa vor zehn Jahren.

DIE VAMPIRE SIND IHM VERHASST, SEIT SEINE VERLOBTE VON EINEM GETÖTET WORDEN IST.

HÄTTET IHR RECHTZEITIG KONTAKT ZU IHM AUFGENOMMEN, DANN HÄTTET IHR IHN VIELLEICHT UMSTIMMEN KÖNNEN.

JE GRÖSSER SEIN HASS AUF DIE VAMPIRE IST, DESTO SCHWIERIGER WIRD ES.

SEINE BESESSENHEIT HÄTTE DAS TEAM GEGENEINANDER AUFGEBRACHT. FRÜHER ODER SPÄTER WÄRE ER ZU EINEM GESCHWÜR IN UNSERER EIN-HEIT GEWORDEN.

AUCH IHM WAR DAS BEWUSST.

BANG

ER HASST DIE VAMPIRE SO SEHR.

DOCH WENN ES SCHON DAMALS JEMANDEN GEGEBEN HÄTTE, …

... DER IHN WIEDER IN DIE SPUR GEBRACHT HÄTTE, ...

... SODASS ER SEINEN RACHEDURST HÄTTE BÄNDIGEN KÖNNEN, DANN ...

NAKAMIYA!
ÄHM ... FRAU SHINONOME UND ...
... FRAU KASAI?
WIE WÄR'S MIT EINER KURZEN PAUSE?
ALLES WIEDER OKAY BEI DIR?
DIE LETZTEN TAGE WAREN ECHT HART.
JA ... ABER ICH KOMME SCHON IRGENDWIE ZURECHT.
KAZUMI MACHT SICH SORGEN UM DICH. ALSO ...
... ÜBER-ANSTRENGE DICH NICHT.
SO ZEIGT ER ALSO, WENN ER SICH SORGEN MACHT?
HEY ...

STIMMT ES, DASS DU FRÜHER FÜR MIKOGAMI GEARBEITET HAST?
WILLST DU WIRKLICH ...
VRRRR
VRRRR

EIN NOT-RUF!

!!

NEIN ...

DAHINTER STECKT MIKOGAMI.
DER STAATSSEKRETÄR IM AUSWÄRTIGEN AMT, HERR OSANAI, IST EIN ANGEHÖRIGER DER KOMMISSION FÜR ÖFFENTLICHE SICHERHEIT.
DASS EIN VAMPIR IN DEN VORFALL INVOLVIERT WAR, IST BIS JETZT NICHT DURCHGESICKERT.

DAS SIEHT NICHT GUT AUS.

ER WILL OFFENSICHTLICH HOCHRANGIGE BEAMTE IN ANGST UND SCHRECKEN VERSETZEN.

NACH DIESEM VORFALL MUSS JEDER FUNKTIONÄR DAMIT RECHNEN, DASS ER DAS NÄCHSTE OPFER SEIN KÖNNTE.
UNSERE EINHEIT ...

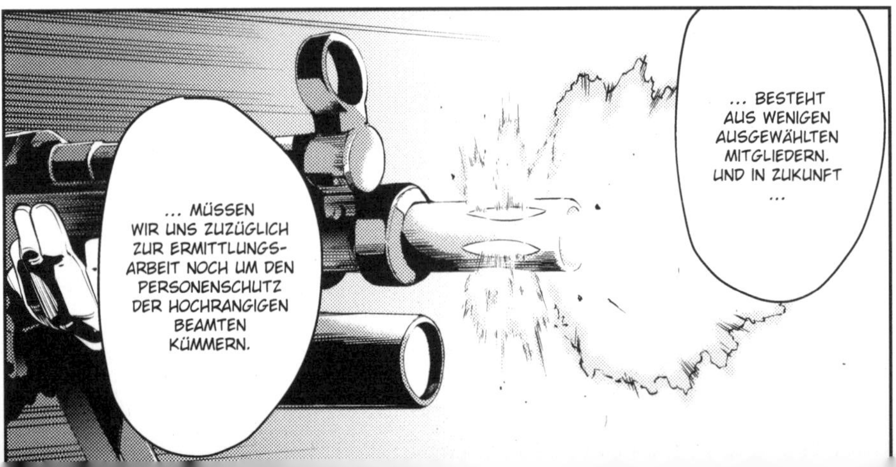
... BESTEHT AUS WENIGEN AUSGEWÄHLTEN MITGLIEDERN. UND IN ZUKUNFT ...
... MÜSSEN WIR UNS ZUZÜGLICH ZUR ERMITTLUNGS-ARBEIT NOCH UM DEN PERSONENSCHUTZ DER HOCHRANGIGEN BEAMTEN KÜMMERN.

WENN DAS ZUR FOLGE HAT, DASS WIR UNSERE EINHEIT IN MEHRERE GRUPPEN AUFTEILEN MÜSSEN, …
… DANN SIND WIR HOFFNUNGSLOS UNTERBESETZT UND KÖNNEN NICHT MEHR SCHLAGKRÄFTIG REAGIEREN.
SO EIN MIST!
KÖNNEN WIR DIESE BEAMTEN NICHT AN EINEN SICHEREN ORT VERFRACHTEN?
GANZ EGAL, WIE SCHWIERIG UNSERE LAGE IST, …
RATATATA
TATA
… WIR MÜSSEN ALLES UNTERNEHMEN, WAS IN UNSERER MACHT STEHT.
FWOCK

DOMP

FWO
OO
SCH

GRP

ACHTUNG! WIR BRAUCHEN ...
... DRINGEND VERSTÄRKUNG!
„M" IST IN RICHTUNG SHINJUKU UNTERWEGS ...

DIE MÜHEVOLLE VORBEREITUNG HAT SICH ALSO DOCH GELOHNT.
JETZT ...

... WIRD'S SPANNEND.

KEIGOS LECKERES BLUT …
… WIRD SICHER NOCH …
… SCHMACK-HAFTER.
OH JA!
ES REICHT.
ICH HAB GENUG …

SO WAR ES ABGEMACHT.

RICHTIG?

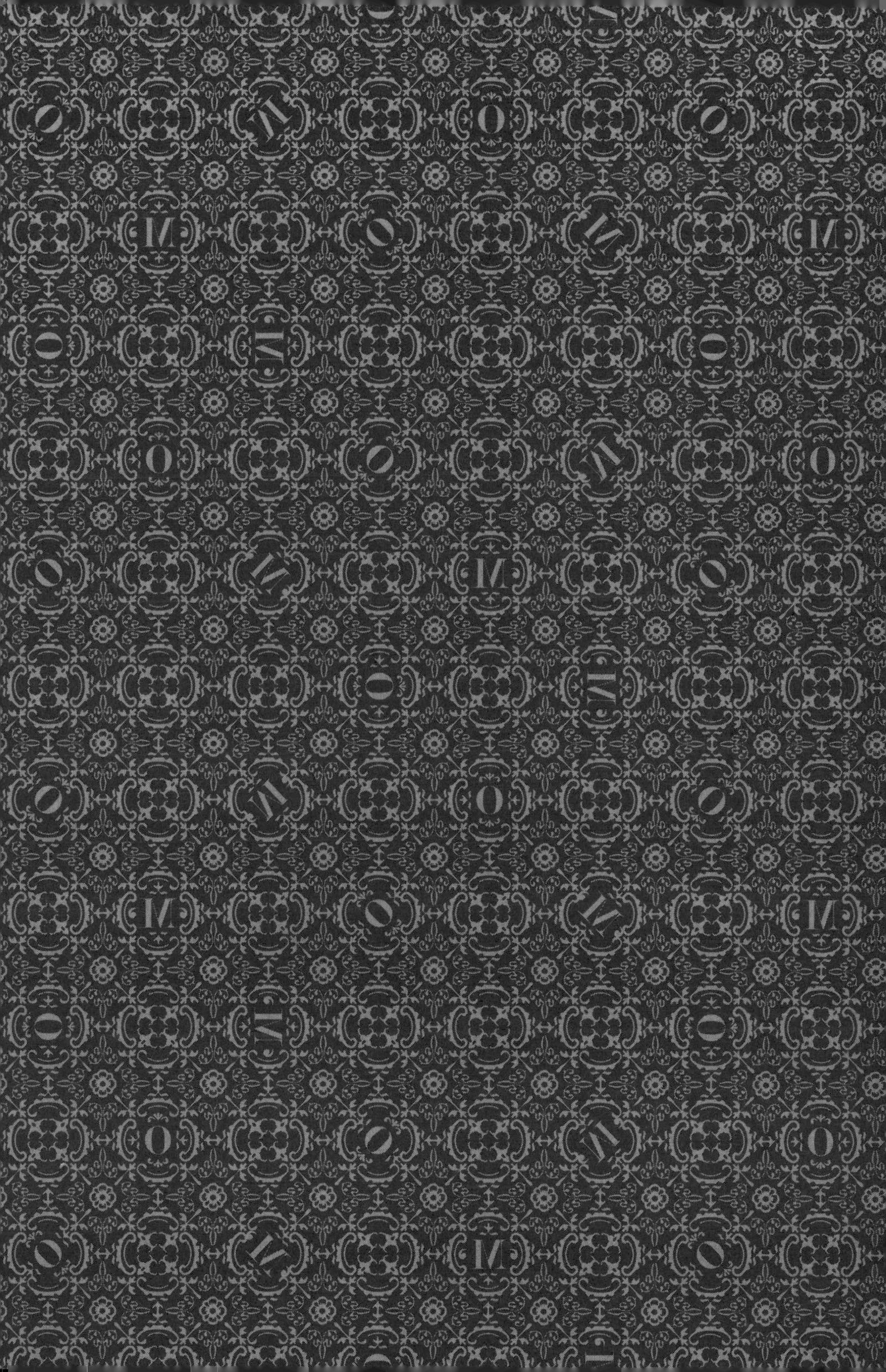

HEUTE MÖCHTE ICH EUCH MAL DIESES TOLLE GERÄT HIER VORSTELLEN: ES IST DER PERFEKTE MIXER!
WOW, DAS HÖRT SICH JA SUPER AN!
TELESHOP X
Lucky Chan
Boss Rob
MIT DIESEM MIXER BEKOMMT MAN SOGAR EINEN HAMMER IN WINZIGE ...
KLONK
... STÜCKCHEN ZERMAHLEN!
K... KRASS!
UND DAZU GIBT ES NOCH GRATIS EINEN MATRATZENTROCKNER!
UN-GLAUB-LICH!
UND WER JETZT GLEICH BESTELLT, BEKOMMT ...
... BEIDES IN ZWEIFACHER AUSFÜHRUNG!
VIER GERÄTE ZUM PREIS VON ZWEI!
RITSCH

WOW, WAS FÜR EIN ANGEBOT!
BEKOMME ICH NUR DIESE VIER TEILE?
REICHT ES DIR IMMER NOCH NICHT?
NA SCHÖN! DANN LEGE ICH DAS NOCH OBEN-DRAUF!
RIIITSCH
AHA HA HA!
KRASS! ICH WILL SIE HABEN!
ABER …

W...
WAS
IST HIER
LOS?
KCH

HAH
HAH
HAH
HAH
HIAH!

#027 Innerer Antrieb

FWUPP

UM DIESE JAHRESZEIT IST DAS ECHT EINE PLAGE.

MIST!

WUSCHEL WUSCHEL

ICH BIN AUF EINER BANK EIN-GEPENNT?!

ACH, MANN!
MEINE GÜTE …
ICH BIN MIR NIE GANZ SICHER, OB ER EIN BESONDERS DICKES FELL HAT, ODER DOCH EINFACH BLOSS ÜBEREMPFINDLICH IST.
WARUM ZIEHT ER DENN ALLEINE LOS?
IST ER ETWA LEBENSMÜDE?
UND TROTZDEM IST ER SO VERTRAUENSSELIG …
ER HAT TOMA EINFACH VERRATEN, WO ER HINGEHT!
HI HI
HI HI
ALSO … MIR GEFÄLLT DAS NICHT.

TOMA HÄNGT KEIGO RUND UM DIE UHR AN DEN FERSEN, ALS HÄTTE ER SONST NICHTS ZU TUN.
ES FREUT MICH, DASS ICH EUCH HELFEN KANN!
DER KLEINE HAT BESTIMMT IRGENDWELCHE HINTERGEDANKEN!
ER WILL SICH DOCH BLOSS DAFÜR REVANCHIEREN, DASS KEIGO IHM DAS LEBEN GERETTET HAT, ODER?
!
ER SOLLTE MIR AUCH ETWAS RESPEKT ZOLLEN!

SCHAU MAL, ER IST AUFGESTANDEN!

LOS, HINTERHER!
ALCINA ...
TA TAPP
TA TAPP
WENN DU DIR SOLCHE SORGEN UM IHN MACHST, WARUM SPRICHST DU IHN DANN NICHT EINFACH AN?
DU PFLEGST SEINE WUNDEN UND SCHLEPPST IHN EXTRA ZUM PARK, WÄHREND ER BEWUSSTLOS IST.
DAS SIEHT DIR ÜBERHAUPT NICHT ÄHNLICH.
ER WIRD SOWIESO BLOSS WIEDER VERSCHWINDEN, ...
... WENN WIR UNS ZU ERKENNEN GEBEN.

SEI EHRLICH, DU FINDEST IHN DOCH AUCH INTERESSANT!

...

KLONK

TOCK

LÄRM
LÄRM

ICH BIN EIN HALBVAMPIR …
… ABER DAS ÄNDERT NICHTS DARAN, DASS AUCH MEINE KRÄFTE ZUNEHMEN, SOBALD DIE SONNE UNTERGEHT.

BLUT
BLUT
BLUT
BLUT
BLUT
DAS BLUT FLIESST.
FRISCHES BLUT
SIE MACHEN MICH SATT.
HA
H

GNNN

…

WUSCHEL

WUSCHEL

AAAAH

ICH FASSE ES EINFACH NICHT!
MAMPF MAMPF
WARUM VERSUCHT ER, SEINEN BLUTDURST ZU UNTERDRÜCKEN?
oppimus

ABER ER HAT KRÄFTEMÄSSIG ENORM ZUGELEGT IN DER KURZEN ZEIT.
WARUM NUR?
SCHLECK

JE MEHR BLUT WIR TRINKEN, DESTO STÄRKER WERDEN WIR.
ES IST KAUM VORSTELLBAR, WIE VIELE FÄSSER BLUT AMPHIS GETRUNKEN HAT.
KEIGO MUSS AUF JEDEN FALL NOCH MEHR BLUT TRINKEN.

DAS IST GANZ KLAR.

DER EISERNE WILLE, AMPHISBAENA UM JEDEN PREIS ZU TÖTEN, SPORNT IHN UNGEMEIN AN.
KLACK
SEIT ZEHN JAHREN KÄMPFT ER SCHON DAFÜR … DAS IST SEIN INNERER ANTRIEB.

ICH WEISS IMMER NOCH NICHT, OB ER ALS GEHILFE WAS TAUGT ODER NICHT,
... ABER ER IST ...
... WIRKLICH INTERESSANT!
WAS?
DAS IST DER GRUND?
PFF!
ACH, WIE ALBERN!

DIE POLIZISTEN, DIE AM GEFECHT GEGEN MIKOGAMI BETEILIGT WAREN, SOLLEN ALLE NOCH AM LEBEN SEIN.
!

OB ER DAS MIT ABSICHT MACHT?
ODER IST ER EINFACH NUR SCHWACH?
DAS HOFFE ICH DOCH.

ER IST IMMER NOCH …

MACHEN SIE SICH BITTE KEINE SORGEN, HERR SHIRANUI.
WIR WERDEN SIE …

GRAPP
A...
?
KOMM IHM ...
... NICHT ZU NAHE!
KHI ...
HI HI ...
PFF ...

#028 Schrecken
GRO
A
A
A
A
AA
AAH
FWOO
OSCH

FRRT

SCH

SLIT
SCH
ER WAR AUCH EIN MOROI, DER EINST VOM DOPPELGESICHT ERSCHAFFEN WURDE.
FSSSSSH

... DAS IST NICHT DEIN STIL.

GRINS

ER GENIESST ES, AN EINER SICHEREN POSITION ZU STEHEN, VON DER ER ALLES IM BLICK HAT.
DIESER MANN IST SEIN DOUBLE.
SEIN WAHRES WESEN IST GANZ WOANDERS.

DIE ORTE, AN DENEN DIE MOROI ERSCHIENEN, DIE VON IHM GESCHAFFEN WURDEN, …
… UND DIE TATORTE DER VAMPIRMORDE …
… KÖNNEN MIR HELFEN, SEINE SPUR ZU VERFOLGEN … SO PRÄZISE WIE MÖGLICH!

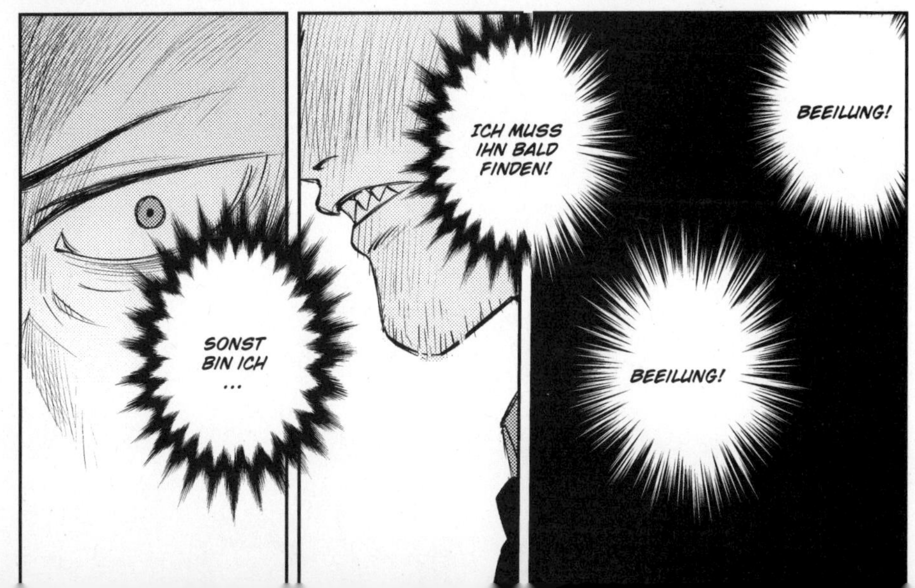
BEEILUNG!
ICH MUSS IHN BALD FINDEN!
BEEILUNG!
SONST BIN ICH …

WENN DU MEIN GEHILFE SEIN WILLST, DANN …

… RATE ICH DIR, EINEN KÜHLEN KOPF ZU BEHALTEN.

DAS WÜRDE MOMO JETZT SAGEN.
UND ES STIMMT.
ICH BIN …

… NICHT MEHR ALLEIN.

TOMA ...
WIE LANGE WILLST DU DAS NOCH ANSTARREN?
OH, BRADAMANTE.

FREUST DU DICH SO SEHR, DASS MIKOGAMI DIR SEINEN AUSWEIS ANVERTRAUT HAT?

JA!

ABER HAST DU SCHON MITBEKOMMEN, ...
... DASS ALLE ANDEREN DIR MISSTRAUEN?

SOWOHL MOMO ALS AUCH ALCINA VERDÄCHTIGEN DICH, EIN SPION ZU SEIN.
MIKOGAMI GENAUSO!
SIE WERDEN ES DIR NIEMALS VERZEIHEN, WENN DU SIE VERRÄTST.

JA, SCHON OKAY.

GNN
AUCH WENN SIE MIR NICHT HUNDERT-PROZENTIG VERTRAUEN, HAT MIR MIKOGAMI TROTZDEM …
… EINE SEHR …
… WICHTIGE AUFGABE ANVERTRAUT.

OBWOHL ICH SO SCHWACH BIN.

WENN ICH SEINEN AUSWEIS UND OBENDREIN LADY MOMO BESCHÜTZEN KANN, WERDEN SIE MIR SICHER WIEDER VERTRAUEN.

HM, MAL SEHEN …
KNARZ

DANN WERDE ICH …

HI, ...
... TOMA!

AH ...
W... WARUM ...
BATSCH

GADONK
GRAPP
ALSO, ...
... ICH MUSS DICH MAL WAS FRAGEN.

ES GEHT UM EURE PRINZESSIN ...
... PERSE-PHONE ...
ALCINA!

ALCINA!
AMPHISBAENA IST …
FALTT
FALTT
ACK
SLTSCH
DU NERVST.

SST
ES IST DEINE HERRIN!

DIE ANFÜHRERIN DEINER EINHEIT, …
… DEINE HERRIN …
… HAT DICH AN MICH VERKAUFT.

…

SAG JETZT, …
SST
… WO SICH PERSEPHONE VERSTECKT HÄL…

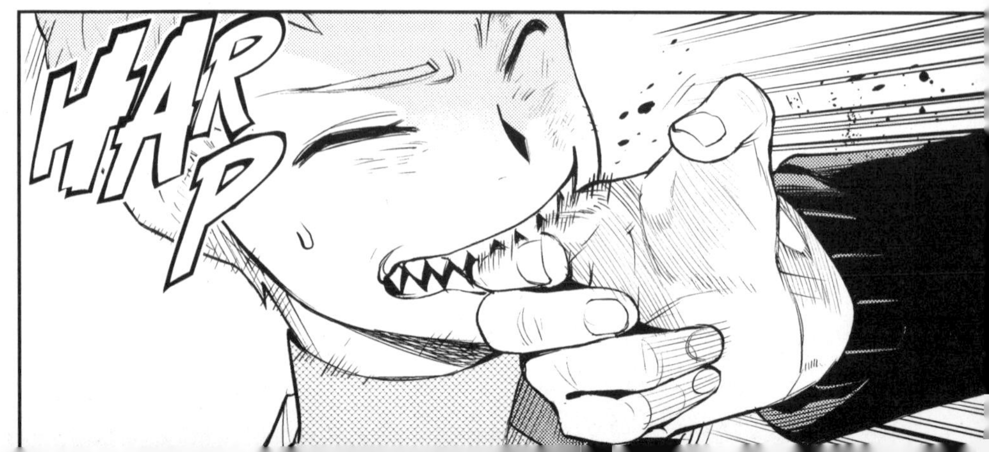
HARP

...
N... NEIN!

VERSCHWINDE, ...
... DU VERRÄTER!

WENN DU LADY MOMO ANRÜHRST, ...
HFF
HFF
... WERDE ICH DIR DAS ... NIE VERZEIHEN!

ZERR
DU ...
... ÜBERRASCHST MICH. FÄRBT MIKOGAMI ETWA AUF DICH AB?

FWUPP
HÜBSCH!
SSTSST
HÖR AUF!
DAS GEFÄLLT MIR.
SLLP
UH!
ZUCK
AH ...
!
NEIN!
LASS MICH LOS!
LASS MICH LOS!

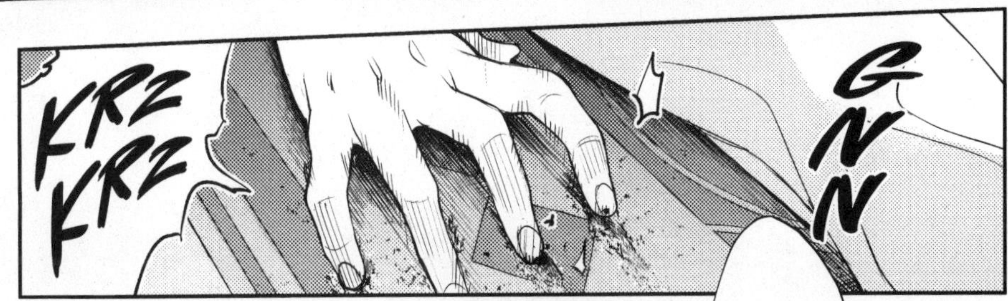
GNN
KRZ KRZ

VON NUN AN BIST DU MEIN GEHILFE.
!

ALSO, ...

... MACH GEFÄLLIGST DAS, WAS ICH DIR SAGE.
FWUPP

WIR ...
... TÖTEN PERSE-PHONE!

WIR VAMPIRE FÜRCHTEN NICHTS MEHR, ...
TAPP
TAPP
... ALS DASS ...
... UNS EIN PFLOCK MITTEN INS HERZ GESCHLAGEN WIRD.

WIR VAMPIRE STERBEN SELBST DANN NICHT, WENN WIR AUSEINANDER-GERISSEN ODER VERBRANNT WERDEN.
DOCH EIN PFLOCK IM HERZMUSKEL ...
... BEDEUTET FÜR UNS DEN ENDGÜLTIGEN TOD.

BESONDERS WIRKSAM IST EIN PFLOCK AUS WEISSDORN-HOLZ.

ALS JESUS HINGERICHTET WURDE, ...
... SOLL EIN KRANZ AUS WEISSDORNZWEIGEN VON SEINEM BLUT DURCHTRÄNKT WORDEN SEIN.
ES HANDELT SICH UM EINEN HEILIGEN BAUM, DER UNS VOR UNHEIL BEWAHRT.

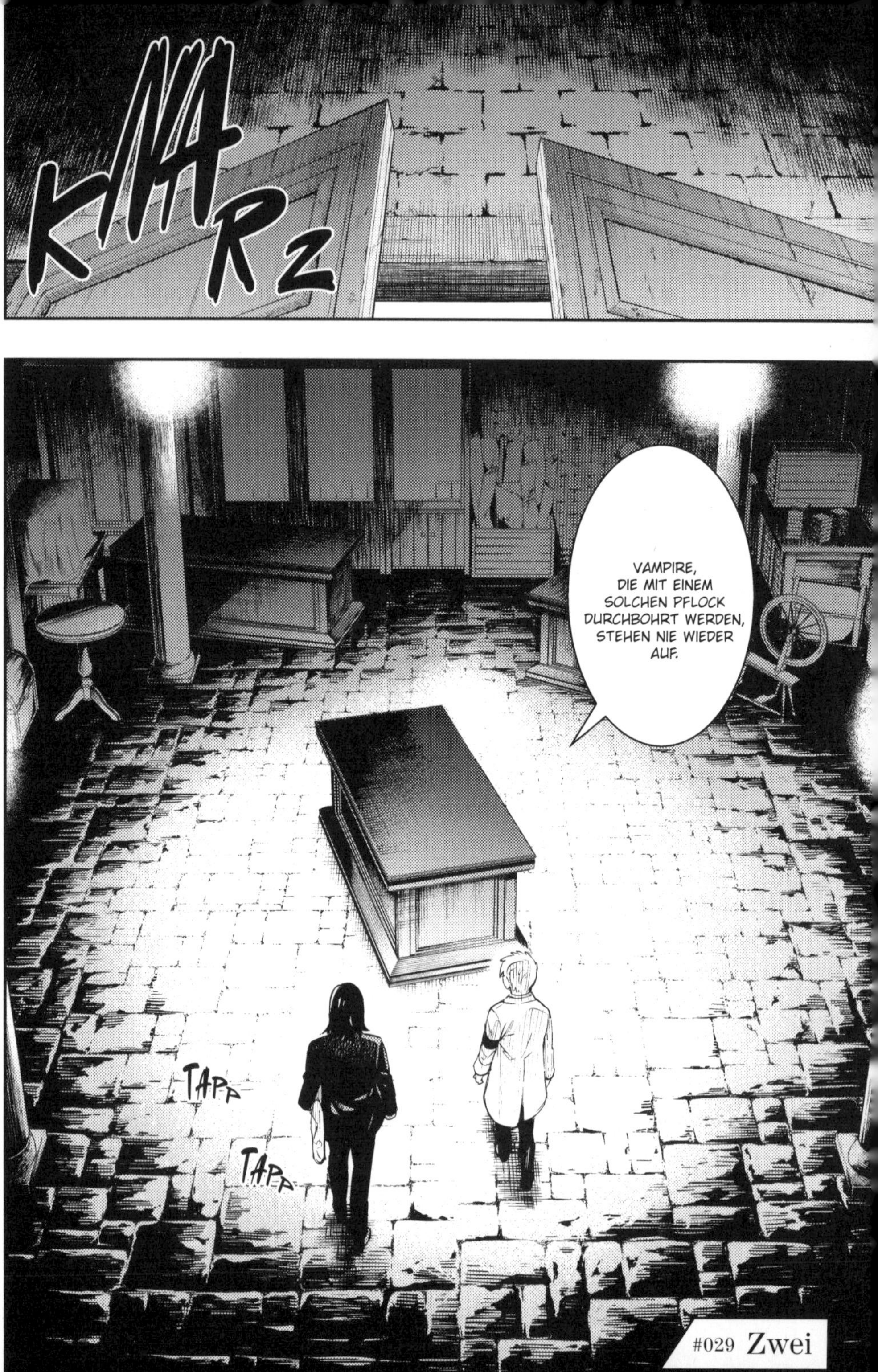

VAMPIRE, DIE MIT EINEM SOLCHEN PFLOCK DURCHBOHRT WERDEN, STEHEN NIE WIEDER AUF.

TAPP

TAPP

#029 Zwei

SELBST PERSEPHONE UND IHR VATER KUDLAK …

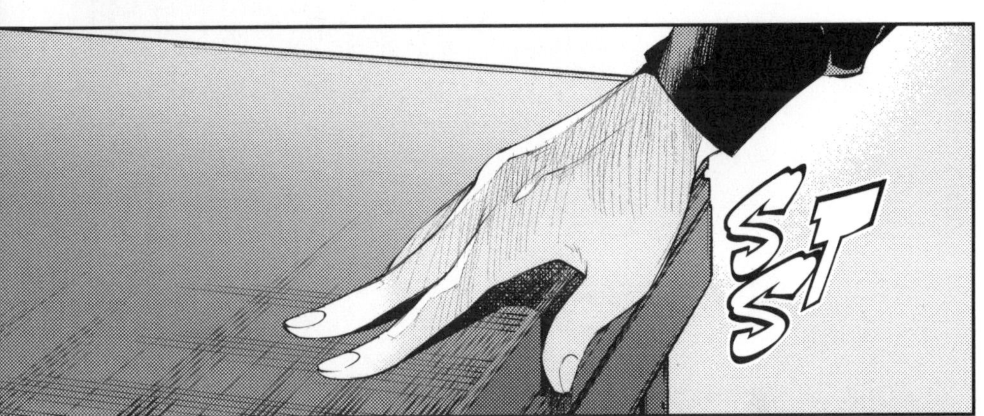
STSS

… WERDEN DIESEM SCHICKSAL NICHT ENTKOMMEN.
GNGN

KLONK

AH, WIE KANNST DU NUR ...

... SO HÄSSLICH SEIN?

... VON DEINEM JÄMMER-LICHEN ...

... SCHICK-SAL BEFREIT WIRST!

!
HEY!
STEHEN BLEIBEN!

TEAM B, HIER!

KEIGO MIKOGAMI IST AUFGETAUCHT!

LOS!

KLING

FEUER!

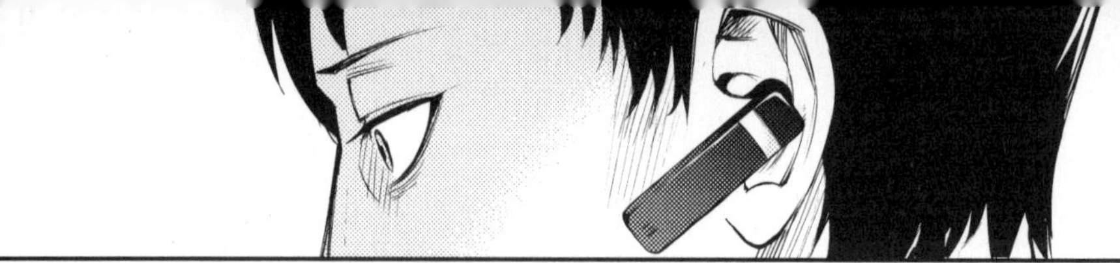

ES IST SO WEIT.
MIKOGAMI GREIFT UNSEREN STÜTZPUNKT AN.

GUT!
PATT

DANN LOS!
KLACK

LASS DAS!

HÄ?

WIE ... WAS IST MIT DEINER WUNDE?

…

MOMENT MAL!

VERHEILT? WIE DAS?!

SEIT WANN DENN BITTE?!

HÄÄ? KEINE AHNUNG.

SCHON SEIT 'NER WEILE.

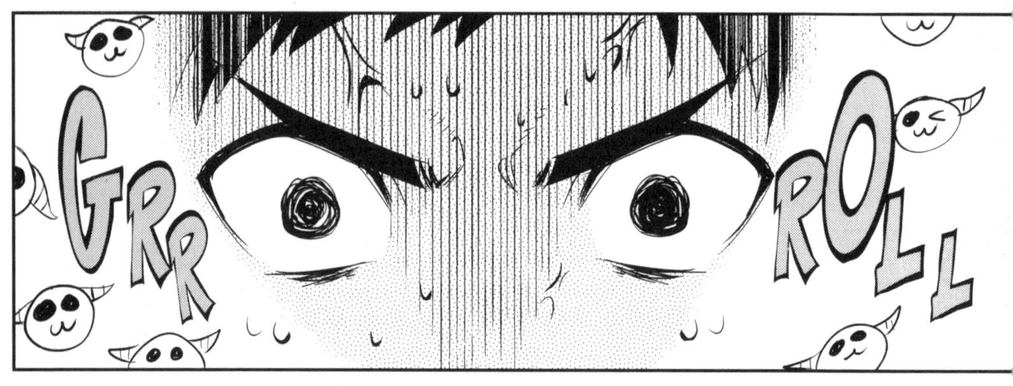

NAKAMIYA, DU UND TACHIBANA, IHR KÜMMERT EUCH UM HERRN SHIRANUI.

ICH ZÄHLE AUF DICH! ♥

WARUM?

DER PFLOCK HAT IHREN KÖRPER DURCHBOHRT.
ABER ...

... WARUM VERSCHWINDET SIE DANN NICHT?

IST DAS VIELLEICHT ...

SLIT

GNN
FSHHH

AHA!

AHA HA HA HA! NICHT ÜBEL!

ICH HÄTTE ...

GRNG ...

ACK!

ZUCK

... DIR NICHT ZUGETRAUT, DASS DU MIT SO FIESEN TRICKS ARBEITEST!

HFF ...

DU WIRST ES NOCH BEREUEN, …

… DASS DU MICH UNTER-SCHÄTZT HAST.

#030 Die Bühne

HEY, BLEIB MAL LOCKER!

GAZZZZZING
BRK
BRK
BRK
WHO O
SCH

WHUO

ES REICHT!
DU BIST SCHWER VERWUNDET UND SPUCKST IMMER NOCH GROSSE TÖNE.
ABER DU KANNST MICH NICHT BEZWINGEN.
HAH

ZUCK
BADUM
TWUSH
HIHIHI!

ZZAAAT
!!
DOMP

ÜBRIGENS, PERSEPHONE
...

TAMMM

KRRT

KEIGO …
… IST MEINER SPUR GEFOLGT UND HAT MEIN VERSTECK AUSFINDIG GEMACHT.
IST ES NICHT WUNDERVOLL, DASS ER FÜR MICH DIE BÜHNE BETRITT, DIE ICH FÜR IHN VORBEREITET HABE?
ICH WEISS SCHON, …
… WAS ER VON MIR WILL.
ER IST WIRKLICH EIN ZIELSTREBIGES KERLCHEN.

FOAAAH

H… HEY, MOMO …
WARUM LÄSST DU IHN ENTKOMMEN?
TAPP TAPP

ACH, DAS IST EH NUR EIN DOUBLE.
HÄ?
TAT-SÄCHLICH?

ABER SEINE AURA WAR ZIEMLICH AUTHENTISCH …
JA …
WAS ICH MIT MEINER LANZE DA AUFGESCHLITZT HABE, DAS WAR ECHTES FLEISCH.
DER MANN, DER VOR MIR STAND, WAR LEIBHAFTIG ANWESEND.

DIE KOPIE IST VON SO HOHER QUALITÄT, DASS MAN NICHT SOFORT ERKENNEN KANN, WORUM ES SICH HANDELT.

ABER BEI DEM KAMPF VORHIN HABE ICH BEMERKT, DASS ER BLOSS EIN DOPPELGÄNGER WAR.

DODOM DOOO
PERSEPHONE, WAS HAST DU GETAN?!
DU HAST MEIN FERIENHAUS RUINIERT!
DODOM DODOOOM
DODOM DOOO

ALCINA …
GRRRR

BERUHIGE DICH.
BRADAMANTE HAT UNS BERICHTET, …
… DASS AMPHISBAENA EUCH ÜBERFALLEN HAT.

WAS?
WAS REDEST DU DA?!

AMPHISBAENA IST BEI DEN MENSCHEN UND KEIGO IST AUCH GERADE AUF DEM WEG DORTHIN.
UND SAG MAL, …
… WILLST DU DIESES CHAOS HIER ALLEIN AMPHISBAENA IN DIE SCHUHE SCHIEBEN?!

TOMA IST IM KELLER.
TAPP
TAPP
BITTE KÜMMERT EUCH UM IHN.
H... HEY!

... IST ER IMMER NOCH ...

... MEIN ERSTER GEHILFE.

BILDE DIR JA NICHTS EIN! KEIN KERL AUF DIESEM PLANETEN STEHT AUF SO EINE KLEINE GÖRE WIE DICH!
WA...
KEIGO STEHT AUF ECHTE FRAUEN ...
FWUPP

GRR ...
GRRR!

... WIE MICH!
D... DIE KÖR-PER-GRÖS-SE ...

... SPIELT DOCH KEINE ROLLE!
HEY ...
WOLLEN WIR NICHT LANGSAM MAL KEIGO RETTEN GEHEN? WAS HÄLTST DU DAVON?
SWUSH

DAS HABE ICH NICHT ERWARTET …
TAPP
TAPP

PERSE-PHONE, …

… DIE POLIZEI …

… KEIGOS ALTER KOLLEGE NAKAMIYA …

… UND TACHIBANA.

ABER DAS HIGHLIGHT DIESER SHOW …
TAPP
TAPP

YOKO.
MoMo - the blood taker - ③ ENDE

Story & Art
Akira Sugito

Staff
Yoichiro Hiroki
Raku Umino
Kosuke Nakamura
Danpa Hoshikawa
Tasuke

Editor
Junpei Matsuo

Designer
Chika Suehisa (L.S.D.)

Comics Editor
Naomi Maehara
(Yamamoto Design)

MO -the blood taker- MO

Bonusseiten

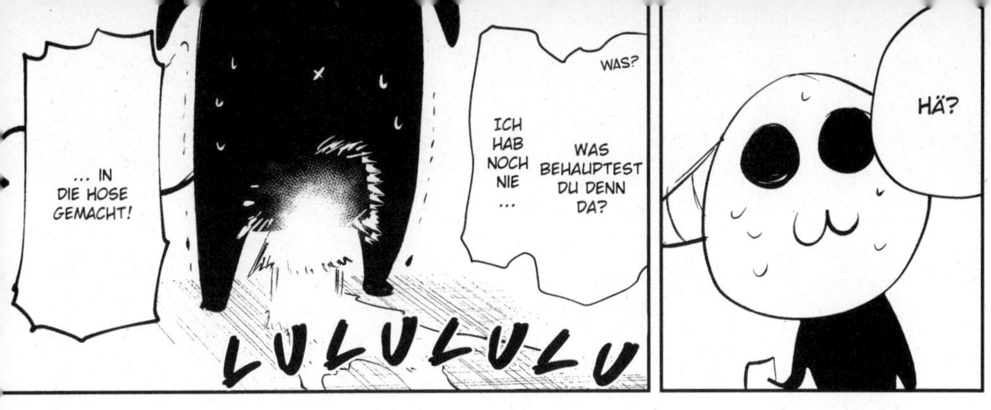

LASS UNS FREUNDE SEIN!

TADAAA

D… DU BIST …

FORT-SET-ZUNG FOLGT …?

MOMO – THE BLOOD TAKER –

First published in Japan in 2019 by SHUEISHA Inc.,Tokyo.
German translation rights in Germany, Austria, German-speaking Switzerland and Luxembourg arranged by SHUEISHA Inc.

Deutschsprachige Ausgabe / German Edition

CH-1007 Lausanne

Verlegt unter dem Label KAZÉ MANGA
durch Crunchyroll SA

Aus dem Japanischen von Yuko Keller

Redaktion: Christopher Micksch
Herstellung: Sonja Lesch
Lettering: Paolo Gattone, Chiara Antonelli, Alessio Ravazzani
Druck und Bindung: GGP Media GmbH, Pößneck

ISBN 978-2-88951-585-1

-the blood taker-

akira sugito